阿三妹奉茶 參

礱糠析

圖文／彭歲玲

全篇客語

全篇英語

這日，阿姆又交代阿三妹奉茶好了愛順續去撿樵。佢經過山崀，來到一頭大樹下，這係另一隻茶崗，堵著搞頭伴阿定牯，又乜挍冷滾水來奉茶，就共下打下嘴鼓。

On this day mom asks Asammoi to collect some firewood after serving tea. She walks past a small hill and arrives at a big tree. This is another tea hill. She bumps into a friend of hers, Atingu, who happens to carry cold water also for serving tea. So they start to have a little chat.

這天，媽媽又交代阿三妹奉茶好了要順便去撿柴，她經過小山崗，來到一棵大樹下，這是另一個茶崗，遇到玩伴阿定牯，也是挑冷開水來奉茶，就一起聊一下。

一位無熟識个外位過路人上山，行到汗流脈落捱下腳寮下涼，跈等就舀一碗茶水想解渴，結果看著茶水面有礱糠析就問講：「細阿妹、細阿哥仔，係麼儕恁壞心委礱糠析到茶缸肚个？」

A stranger walks by, heading to the mountain. He is all sweaty, so he takes a break under the tree and scoops a bowl of tea to quench his thirst. When he sees rice husks floating on the tea water, he asks, "Little girl and little boy, who is the bad person to dump rice husks in the tea tank?"

一位不認識的外地過路人上山，走到汗流浹背歇腳乘涼，隨即就舀一碗茶水想解渴，結果看到茶水面有稻殼(粗糠)就問說：「小女孩、小男孩，是誰這麼壞心撒稻殼到茶缸裡呢？」

阿定牯遽遽應講：「吾姆講，因為上山个人行到氣急急，又熱又渴，舀著就大口食落肚驚會侷著，頭擺就係有人恁呢，食忒遽侷著當艱苦。」

🔊客語朗讀

Atingu replies immediately, "My mom said that people going to the mountain always walk panting, hot and thirsty. If they get a big scoop and drink it right away, they may get choked easily. It happened before that people drank too fast and got choked, which made them very uncomfortable."

阿定牯趕緊回答說：「我媽媽說，因為上山的人走到上氣不接下氣，又熱又渴，舀了就大口喝下肚恐怕會嗆到，以前就是有人這樣子，喝太快，嗆到很難受。」

阿定牯繼續講：「吾姆講，係有放礱糠析，歇一下食一下、歇一下食一下，正毋會食忒遽內傷著。」

🔊客語朗讀

Atingu continues, "My mom said that if we put some rice husks, people would blow the water before drinking, so they would not drink too fast to hurt themselves."

阿定牯繼續說：「我媽媽說，若有放稻殼，吹一下喝一下、吹一下喝一下，才不會喝太快而內傷。」

The stranger asks, "But, is it clean?"
Atingu replies right away, "Don't worry! This is
boiled water, and the rice husks have been washed
before serving. Every day we put them after we make
new tea. You can drink it without doubt."

過路人又說：「但是，這有乾淨嗎？」
阿定牯趕緊回答說：「放心啦，這是煮過的冷開水，稻殼
我們有先洗乾淨，每天換茶水的時候才放進去的，請放心
喝喔。」

過路人又講：「毋過，這敢有淨利？」
阿定牯遽遽應講：「放心啦，這係煮過个冷滾水，礱糠析𠊎兜有先洗淨利，逐日換茶水時節正放落去个，請放心食啦。」

過路人聽了當感動講：「煮茶分人食，又恁貼心，心肝恁好。」講㤉就定定仔將浮在面頂个礱糠析歕開，正食茶。

The stranger is very touched on hearing that, "How kind-hearted and thoughtful you are to make tea for others in this way." Slowly he blows away the ice husks and starts to drink.

過路人聽了非常感動說：「煮茶給人喝，又這麼貼心，心地這麼好。」說完就慢慢地將浮在上面的稻殼吹開，才喝茶。

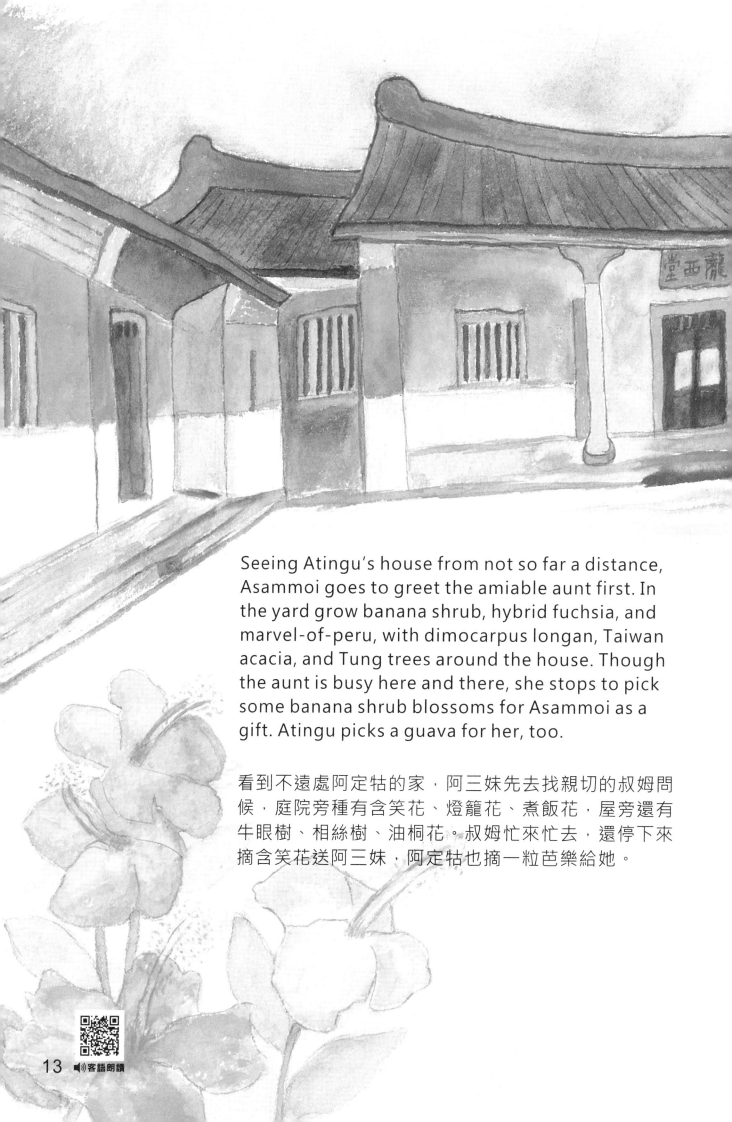

Seeing Atingu's house from not so far a distance, Asammoi goes to greet the amiable aunt first. In the yard grow banana shrub, hybrid fuchsia, and marvel-of-peru, with dimocarpus longan, Taiwan acacia, and Tung trees around the house. Though the aunt is busy here and there, she stops to pick some banana shrub blossoms for Asammoi as a gift. Atingu picks a guava for her, too.

看到不遠處阿定牯的家，阿三妹先去找親切的叔姆問候，庭院旁種有含笑花、燈籠花、煮飯花，屋旁還有牛眼樹、相絲樹、油桐花。叔姆忙來忙去，還停下來摘含笑花送阿三妹，阿定牯也摘一粒芭樂給她。

看著無幾遠阿定牯个屋，阿三妹先去尋親切个叔姆問候，
禾埕脣種有含笑花、燈籠花、煮飯花，屋脣還有牛眼樹、
相絲樹、油桐花。叔姆無閒直掣，還停下來摘含笑花送阿
三妹，阿定牯乜摘一粒朳仔分佢。

叔姆搬出礱糠析，喊阿定牯摎阿三妹兩儕人捵洗，
放日頭下曬燥，天光日奉茶該下好用。

◀))客語朗讀

The aunt moves out the ice husks and asks both Atingu and Asammoi to help wash them. After washing, they lay the ice husks under the sun to dry up for serving tea tomorrow.

叔姆搬出稻殼，叫阿定牯跟阿三妹兩個人幫忙洗，放太陽下曬乾，明天奉茶的時候可以用。

事做讫，叔姆又斟一杯冷滚水分佢食嘴燥。阿三妹讲：「叔姆您屋下个水还甜喔！」叔姆笑笑仔应讲：「细阿妹仔心靓食水都甜啦！」分人阿谐个阿三妹乜笑到当甜。

After they finish working, the aunt pours a cup of cold water for Asammoi to quench thirst. Asammoi says, "Aunt, the water in your house tastes so sweet!" The aunt replies with a smile, "You little girl have a beautiful heart, so you can taste the sweetness of water!" Being praised, Asammoi smiles even more sweetly.

事情做完，叔姆又倒一杯冷開水給她解渴。阿三妹說：「叔姆您家的水好甜喔！」叔姆微笑回答：「小女孩心美連喝水都甜啦！」被誇獎的阿三妹也笑得非常甜。

阿三妹摎叔姆承蒙後就去撿樵了，佢追等樹頂个膨尾鼠上崎又下崎，下崎又上崎，在桐花森林肚認真撿樵，撿著一大捆樵。

After thanking the aunt, Asammoi goes for collecting firewood. She runs after the squirrels on the trees up and down the hills again and again. Finally, she starts to collect firewood ardently and gets a big bunch of it in the Tung tree forest.

阿三妹跟叔姆道謝後就去撿柴了，她追著樹上的松鼠上坡又下坡，下坡又上坡，在桐花森林裡認真撿柴，撿到一大捆柴。

添　丁　亭

阿三妹肩頭擎等一大捆樵轉到屋脣个添丁亭，堵著孩擔愛下山个鄰舍，阿三妹當有嘴碼个摎佢相借問。

Carrying a big bunch of firewood on her shoulders, Asammoi has arrived at Tiamden Pavilion near her house. Whenever Asammoi sees a neighbor carrying baskets going down the mountain, she greets them with sweet voice.

阿三妹肩膀扛著一大捆柴回到住家旁的添丁亭，遇到挑擔要下山的鄰居，阿三妹嘴巴很甜的跟大家打招呼。

🔊客語朗讀

Asammoi feels thirsty now, so she scoops a bowl of tea water for herself. While serving others, she is serving herself as well.

After a while, some passersby also stop to take a break under the big tree, having some tea and starting to chat. Everyone is extraordinarily happy.

She hears one curious passerby ask, "Is it true that drinking the tea here helps beget a son?" Recalling the story mom has told her, Asammoi cannot help smiling. Even the dragonfly next to her is smiling, too.

阿三妹自己口渴了，也舀起一碗茶水喝，給人方便也給自己方便。

過一下子，又來了好幾個過路人，坐在大樹下乘涼，喝茶聊天，大家都非常歡喜。

又聽到過路人好奇問：「是不是喝了這裡的奉茶會添丁呢？」阿三妹想起媽媽講的故事，不覺莞爾，連旁邊的蜻蜓都微笑。

阿三妹自家嘴燥矣，乜舀起一碗茶水食，分人方便乜分自家方便。

過一下仔，又來幾下儕過路人，坐到大樹下寮涼、食茶打嘴鼓，大家就當歡喜。

又聽著過路人好奇問：「係毋係因為食了這位个奉茶就會添丁？」

阿三妹想起阿姆講過个故事，試著生趣，連脣項个揚尾仔都笑咪咪仔。

【一id`】P.2

這ia`日ngid`，阿a´姆me´又iu交gau´代dai阿a´
三sam´妹moi奉fung茶ca`好ho`了e`愛oi順sun
續sa去hi撿giam`樵ceu`。佢gi´經gin´過go
山san´崁gien，來loi`到do一id`頭teu`大tai
樹su下ha´，這ia`係he另nang一id`隻zag`
茶ca`崗gong´，堵du`著do`搞gau`頭teu`
伴pan´阿a´定tin牯gu`，又iu乜me挨kai´
冷lang´滾gun`水sui`來loi`奉fung茶ca`，
就zu共kiung下ha打da`下ha嘴zoi鼓gu`。

【二ngi】P.4

一id`位vi無mo`熟sug識sii个ge外ngoi位vi過go
路lu人ngin´上song´山san´，行hang`到do
汗hon流liu`脈mag落log揳dud`下ha腳giog`
寮liau下ha涼liong´，跈ten`等den`就zu
舀ieu`一id`碗von`茶ca`水sui`想xiong`
解gie`渴hod`，結gied`果go`看kon著do`
茶ca`水sui`面mien有iu´礱lung`糠hong´
析sag`就zu問mun講gong`：「細se阿a´妹moi、細se阿a´哥go´
仔e`，係he麼ma`儕sa`恁an`壞fai`心xim´委ve礱lung`
糠hong´析sag`到do茶ca`缸gong´肚du`个ge？」

阿三妹奉茶 參 礱糠析《客語&拼音對照》

【三sam´】P.6

阿a´定tin牯gu`遽giag`遽giag`應en講gong`：「吾nga´姆me´講gong`，因in´為vi上song´山san´个ge人nginˇ行hangˇ到do氣hi急gib`急gib`，又iu熱ngied又iu渴hod`，舀ieu`著do`就zu大tai口heu`食siid落log肚du`驚giang´會voi侷kiug著do`，頭teuˇ擺bai`就zu係he有iu´人nginˇ恁an`呢neˇ，食siid忒ted`遽giag`侷kiug著do`當dong´艱gien´苦fu`。」

【四xi】P.8

阿a´定tin牯gu`繼gi續xiug講gong`：「吾nga´姆me´講gong`，係he有iu´放biong礱lungˇ糠hong´析sag`，歕punˇ一id`下ha食siid一id`下ha、歕punˇ一id`下ha食siid一id`下ha，正zang毋mˇ會voi食siid忒ted`遽giag`內nui傷song´著do`。」

【五ng`】P.10

過go路lu人ngin^又iu講gong`:「毋m^過go‧
這ia`敢gam`有iu´淨qiang利li?」
阿a´定tin牯gu`遽giag`遽giag`應en講gong`
:「放fong心xim´啦la`‧這ia`係he煮zu`過go
个ge冷lang´滾gun`水sui`‧礱lung^糠hong´
析sag`偓ngai^兜deu´有iu´先xien´洗se`
淨qiang利li‧逐dag`日ngid`換von茶ca^水sui`
時sii^節jied`正zang放biong落log去hi个ge‧
請qiang`放fong心xim´食siid啦la`。」

【六liug`】P.12

過go路lu人ngin^聽tang´了le^當dong´感gam`
動tung講gong`:「煮zu`茶ca^分bun´人ngin^
食siid‧又iu恁an`貼dab`心xim´‧心xim´
肝gon´恁an`好ho`。」
講gong`忒ted`就zu定tin定tin仔e`將jiong´
浮po^在di面mien頂dang`个ge礱lung^糠hong´
析sag`歕pun^開koi´‧正zang食siid茶ca^。

阿三妹奉茶 參 礱糠析 《客語&拼音對照》

【七qid`】P.14

看kon著do`無mo˘幾gi`遠ien`阿a´定tin牯gu`
个ge屋vug`，阿a´三sam´妹moi先xien´去hi
尋qim˘親qin´切qied`个ge叔sug`姆me´問mun
候heu，禾vo˘埕tang˘脣sun˘種zung有iu´含ham˘
笑seu花fa´、燈den´籠nung˘花fa´、煮zu`飯fan
花fa´，屋vug`脣sun˘還han˘有iu´牛ngiu˘
眼ngien`樹su、相xiong´絲xi´樹su、油iu˘桐tung˘花fa´。
叔sug`姆me´無mo˘閒han˘直qid製cad，還han˘停tin˘下ha´來loi˘摘zag`
含ham˘笑seu花fa´送sung阿a´三sam´妹moi，阿a´定tin牯gu`乜me摘zag`
一id`粒liab扒bad仔e`分bun´佢gi˘。

【八bad`】P.16

叔sug`姆me´搬ban´出cud`礱lung˘糠hong´
析sag`，喊hem´阿a´定tin牯gu`摎lau´阿a´
三sam´妹moi兩liong`儕sa˘人ngin˘捵ten洗se`，
放biong日ngid`頭teu˘下ha´曬sai燥zau´，
天tien´光gong´日ngid`奉fung茶ca˘該ge
下ha好ho`用iung。

28

阿三妹奉茶參 礱糠析《客語&拼音對照》

【九giuˋ】P.18

事se做zo忒tedˋ，叔sugˋ姆meˊ又iu斟ziimˊ一idˋ杯biˊ冷langˊ滾gunˋ水suiˋ分bunˊ佢giˇ食siid嘴zoi燥zauˊ。

阿aˊ三samˊ妹moi講gongˋ：「叔sugˋ姆meˊ您ngiˇ屋vugˋ下kaˊ个ge水suiˋ還hanˇ甜tiamˇ喔oˊ！」叔sugˋ姆meˊ笑seu笑seu仔eˋ應en講gongˋ：「細se阿aˊ妹moi仔eˋ心ximˊ靚jiangˊ食siid水suiˋ都du甜tiamˇ啦laˋ！」分bunˊ人nginˇ阿oˊ謟noˋ个ge阿aˊ三samˊ妹moi乜me笑seu到do當dongˊ甜tiamˇ。

【十siib】P.20

阿aˊ三samˊ妹moi摎lauˊ叔sugˋ姆meˊ承siinˇ蒙mungˇ後heu就zu去hi撿giamˋ樵ceuˇ了eˇ，佢giˇ追duiˊ等denˋ樹su頂dangˋ个ge膨pong尾miˊ鼠cuˋ上songˊ崎gia又iu下haˊ崎gia，下haˊ崎gia又iu上songˊ崎gia，在di桐tungˇ花faˊ森semˊ林limˇ肚duˋ認ngin真ziinˊ撿giamˋ樵ceuˇ，撿giamˋ著doˋ一idˋ大tai捆kunˋ樵ceuˇ。

阿三妹奉茶 參 礱糠析 《客語&拼音對照》

【十siib一id`】P.22

阿a´三sam´妹moi肩gien´頭teuˇ擎kiaˇ等den`
一id`大tai捆kun`樵ceuˇ轉zon`到do屋vug`
脣sunˇ个ge添tiam´丁den´亭tinˇ，堵duˇ
著do`核kai´擔dam´愛oi下ha´山san´个ge
鄰linˇ舍sa·阿a´三sam´妹moi當dong´有iu´
嘴zoi碼ma´个ge摎lauˇ佢gi`相xiong´借jia
問mun。

【十siib二ngi】P.24

阿a´三sam´妹moi自qid家ga´嘴zoi燥zau´矣eˇ，
乜me舀ieu`起hi`一id`碗von´茶caˇ水sui`食siid，
分bun´人nginˇ方fong´便pien乜me分bun´自qid
家ga´方fong´便pien。
過go一id`下ha仔e`，又iu來loiˇ幾gi`下ha´儕saˇ
過go路lu人nginˇ，坐co´到do大tai樹su下ha´寮liau
涼liongˇ、食siid茶caˇ打da`嘴zoi鼓gu`，大tai
家ga´就zu當dong´歡fon´喜hi`。
又iu聽tang´著do`過go路lu人nginˇ好hau奇kiˇ問mun：「係he毋mˇ係he因in´
為vi食siid了leˇ這ia`位vi个ge奉fung茶caˇ就zu會voi添tiam´丁den´？」
阿a´三sam´妹moi想xiong`起hi`阿a´姆me´講gong`過go个ge故gu事sii，試cii
著do`生sang´趣qi·連lienˇ脣sunˇ項hong个ge揚iongˇ尾mi´仔e`都du笑seu
咪mi´咪mi´仔e`。

30

阿三妹奉茶 參 礱糠析

彭歲玲簡介

　　原籍苗栗三義，台東大學華語文學系台灣語文教育碩士，國小教職退休後，持續著力於客家文化及語言的傳承，現任客家委員會委員、客語薪傳師、講客廣播電臺主持人。

　　喜愛文學與繪畫，客語文學作品曾多次獲獎如：桐花文學獎、教育部閩客語文學獎、客家筆會創作獎、六堆大路關文學獎、苗栗文學集入選出版等。參與客家女聲女詩人團隊吟詩展演，喜歡創作及吟唱客語詩分享客語之美。

　　現居台東，專注創作，也帶領孩童創作詩畫及童話繪本。
一、個人作品有：詩畫選集《記得你个好》。繪本《雲火龍》、《阿三妹奉茶—添丁亭、膨風茶、礱糠析》、《沙鼻牯》。
二、師生合著作品有：《蟻公莫偃-客華雙語童詩童畫集》、細人仔狂想童話集系列《來尞喔》、《湛斗喔》、《當打眼》、《毋盼得》。

指　導　贊　助：文化部 MINISTRY OF CULTURE　客家委員會 Hakka Affairs Council
出　版　單　位：臺東縣藝術人文三創協會
發　　行　　人：彭歲玲
創　　作　　者：彭歲玲
總　　　　　成：朱恪濬
設　計　完　稿：禾子設計
影　　　　音：許欣展
插　畫　協　力：許佩樺
英　文　翻　譯：呂曉婷
英　語　錄　音：John-Michael L. Nix
客語四縣腔錄音：彭歲玲
地　　　　址：臺東縣臺東市新生路455號
郵　　　電：kcchu18tw@gmail.com
電　　　　話：089-320955
印　　刷　　所：久裕印刷事業股份有限公司
地　　　　址：新北市五股工業區五權路69號
電　　　　話：02-22992060
出　版　年　月：中華民國107年12月/初版
　　　　　　　　中華民國108年5月/第二版
　　　　　　　　中華民國109年11月/第三版
每　套　定　價：NT$1000元

購書方式
郵局劃撥帳號：06721619
戶名：澎澎工作室
電話：0919-139938
電郵：ponling4840@gmail.com

作者相關參考資訊請搜尋
「靚靚山海戀」，
或掃描QR Code。

ISBN：978-986-94342-3-2